Ali Papa

« Que d'histoires ! CE2 »
animée par Françoise Guillaumond

Conception graphique :
Delphine d'Inguimbert et Valérie Goussot

20 rue Berbier du Mets - 75013 Paris
www.magnard.fr

Loi n° 49-956 du 16.07.1949 sur les publications destinées à la jeunesse.

Ali Papa

Laura Jaffé

illustrations de

Gwen Keraval

MAGNARD

QUE D'HISTOIRES !

1

Dans mon salon, il y a un tapis rouge et jaune avec un grand oiseau aux ailes déployées au centre du motif.

Un vieux tapis usé jusqu'à la trame, aux bords tout effrangés et qui sent la poussière.

Ce tapis, il est à papa, qui l'a hérité de sa mère, qui elle-même l'avait reçu de son grand-oncle Baba Moustapha, qui lui le tenait d'une arrière-arrière-grand-mère du nom de Schéhérazade...

Papa dit que ce tapis est dans la famille depuis la nuit des temps, depuis le temps lointain où

son pays natal ne s'appelait pas encore l'Iran, mais la Perse, au temps où les rois de là-bas se nommaient des Shahs. Comme le chat persan de la voisine qui vient jouer les équilibristes sur la rambarde de notre balcon.
Papa dit qu'autrefois, quand il avait mon âge, ce tapis savait encore voler.
Papa allait à l'école sur son dos, emmitouflé dans un châle pour se protéger du vent, propulsé à vitesse supersonique vers le bleu du ciel.
Enfin, c'est ce qu'il raconte.
Peut-être qu'il invente, papa, ou peut-être pas.

« Tapis joli, emmène-moi au pays des Mille et Une Nuits … »
« Carpette cent pour cent laine d'agneau, emporte-moi très haut… »
« Fichu tapis, décolle d'ici ! »
« Vas-tu démarrer, vieille descente de lit démodée ? »
J'ai eu beau essayer des dizaines de formules magiques, je n'ai pas réussi à faire décoller autre

chose que les moutons réfugiés en troupeaux poussiéreux sous le sofa… Et papa ne peut pas m'aider, il a oublié la formule bien avant que je sois né.

« De toute façon, à Paris, avec tous les immeubles dressés et la tour Eiffel plantée en plein milieu, le vol plané c'est beaucoup trop risqué », a-t-il essayé de me consoler.

Mais moi, je suis têtu. Un jour, je sais que j'arriverai à prendre mon envol par la fenêtre grande ouverte pour aller planer au-dessus des toits du quartier…

Papa, lui, maintenant, ce sont les livres qui le font voyager.

Il prétend que rien ne vaut un bon bouquin pour partir très loin dans le royaume merveilleux des aventures imaginées.
Le travail de papa, c'est bouquiniste.
Il vend de vieux livres aux pages jaunies dans une toute petite boutique à deux pas de la maison.
Dedans, il fait sombre et ça sent le renfermé comme dans la cave de mon immeuble où l'air du dehors n'entre jamais.
Au-dessus de la porte, il a peint une jolie enseigne aux lettres multicolores : LA CAVERNE D'ALI BABA.
Mon père, il s'appelle Ali.
Dans le quartier, tout le monde le surnomme Ali Papa.
En face de la *Caverne d'Ali Baba*, mon oncle Cassim a ouvert une grande librairie jolie et moderne, remplie jusqu'au plafond de larges rayonnages de livres flambant neufs.
Cassim est riche.
Dans la famille, on dit qu'il a le sens des affaires.

Il gagne beaucoup d'argent, assez pour emmener ma cousine Marie-Jeanne passer Noël sous les tropiques ou faire du chien de traîneau au pôle Nord en plein mois de juillet.
Mais moi, je préfère les trésors poussiéreux de papa aux dernières parutions de chez tonton.

Ce soir, pour mon dixième anniversaire, papa m'a promis de me rapporter un exemplaire très vieux et très rare des *Mille et Une Nuits* relié de vrai cuir rouge avec les lettres du titre dorées à l'or fin...
Dedans, il y a toutes mes histoires préférées, celles que papa me racontait quand j'étais petit, le soir avant de m'endormir. Des contes extraordinaires peuplés de génies, de lampes magiques, de sultanes aux yeux de charbon, de grands vizirs enturbannés, de palais chatoyants, de brocarts multicolores et de coffres débordant de pierreries...
Dans ce livre, je vais sûrement trouver la formule magique pour faire enfin décoller du plancher mon tapis tout mité...

2

Ça y est ! J’entends claquer la porte d’entrée de l’appartement.
C’est papa qui rentre du travail !
Comme tous les soirs, je cours l’embrasser, mais il ne me regarde pas, il oublie de me poser la question rituelle : « Alors, petit vizir, quoi de neuf aujourd’hui ? »
Il ne m’ébouriffe pas les cheveux, ne me pince pas la joue, accroche sa gabardine, sa casquette et son écharpe au porte-manteau comme si j’étais devenu transparent pour mon anniversaire…
À moins que papa attende que je m’en aille pour pouvoir cacher mon cadeau sous l’escalier ou derrière la penderie ?
Il ne dissimule rien derrière son dos, ses mains sont vides.

Il va s'affaler dans un fauteuil du salon sans dire un mot.
Je fouille en douce les poches de sa gabardine dégoulinante de pluie, pas le moindre petit paquet ! Rien pour moi…
Comment papa a-t-il pu oublier mon anniversaire ?
J'ai une grosse envie de pleurer qui gonfle dans ma poitrine.
Il faut se rendre à l'évidence, Ali Papa ne m'aime plus ! Je m'approche de lui en ravalant mes larmes.
S'il croit qu'il va s'en sortir comme ça le jour de mes dix ans !
Ai-je fait une bêtise dont je ne me souviens pas ?
Suis-je puni, en quarantaine comme les pestiférés du Moyen Âge dont nous a parlé la maîtresse ce matin en leçon d'histoire ?
La figure de papa est toute triste, soucieuse.
Il a l'air plus vieux que d'habitude, on dirait presque un grand-père.
Il ferme les yeux en étendant ses pieds sur la table basse.

A-t-il reçu une facture en lettre recommandée qu'il ne peut pas payer ?
Ou bien, s'est-il disputé avec maman ? Serait-il en train de couver la grippe ? Est-il très malade ?
Va-t-il mourir avant que j'aie fini de grandir ?
C'est sûr, il se passe quelque chose de grave !
Je voudrais bien aller m'asseoir sur ses genoux comme quand j'étais petit, poser ma tête au creux de son cou, lui demander de me raconter une de ces vieilles chansons persanes de son enfance.
Mais je n'ose pas m'approcher de lui, je ne fais pas de bruit pour ne pas le déranger.
Papa me fait un peu peur tout à coup. Il a un air que je ne lui ai presque jamais vu, son air des plus mauvais jours, un air à filer doux sans poser de questions !
La porte de ma chambre claque dans mon dos comme une menace sourde. Je n'allume pas la lumière. Il fait noir comme au fond d'une caverne. Je me jette sur mon lit sans prendre le temps d'enlever mes baskets. Ce soir, je me sens le plus malheureux des garçons de dix ans…

COF

3

Papa, maman et moi, on dîne en silence devant la télé allumée.
Personne ne parle, sauf le bonhomme des informations qui raconte une guerre lointaine au rythme du cliquetis de nos couverts.
Tu parles d'un repas d'anniversaire !
Papa n'a pas sorti l'appareil photo de sa housse de cuir, il ne me dit pas comme tous les ans, « un sourire, mon soleil de Téhéran ! », il n'y aura pas cette année de photo de moi en train de souffler mes bougies à coller dans l'album.

Je souffle d'un seul coup les dix petites flammes plantées sur le traditionnel gâteau au miel et aux amandes pour faire plaisir à maman, mais j'ai une boule dans la gorge qui me coupe l'appétit.

Je pars me coucher sans toucher à ma part de dessert et sans demander la permission de regarder le dernier épisode de mon feuilleton préféré.

Papa ne vient même pas me dire bonsoir dans mon lit.

Est-ce qu'à dix ans, je suis devenu trop grand pour le bisou du soir ?

Je n'arrive pas à dormir.

Dehors, il pleut, la vitre est toute mouillée.

Mes joues aussi sont trempées, ça dégouline sur mon oreiller.

Quand mes larmes s'arrêtent enfin, je me sens vide, un peu moins triste.

Mon cadeau, papa n'a peut-être pas eu le temps d'aller le chercher à l'Annexe. Il me le donnera demain, sûrement.

L'Annexe, c'est un local dans une arrière-cour tout près de la boutique, où papa et oncle Cassim entreposent leurs réserves de livres.

J'écoute dans le noir tous les bruits de l'appartement.
Le gargouillis assourdi du robinet : papa qui fait la vaisselle.
Des pas dans l'escalier : les voisins qui rentrent.
J'entends la porte de la cuisine se fermer et la voix étouffée de papa mêlée à celle de maman derrière la cloison.
Je me relève sur la pointe des pieds et je vais me coller derrière la porte.
Les conversations secrètes interdites aux enfants, je ne rate jamais une occasion de les espionner…

4

Par le trou de la serrure, je ne vois rien, sauf un coin de la toile cirée jaune et l'égouttoir à couverts.

Papa et maman doivent être assis à l'autre bout de la table.

Je colle mon oreille à la porte… Rien.

Je voudrais les appeler. « Papa ! Maman ! »

Tout ce silence me fait peur. Est-ce que des parents peuvent disparaître comme ça, volatilisés par magie entre les murs d'une cuisine fermée ? Je vais jeter un coup d'œil dans le salon, le tapis n'a pas bougé, ils n'ont pas pu s'envoler par la fenêtre !

Enlevés par des extra-terrestres, avalés par le vide-ordures ?
Tout à coup, un grand reniflement retentit.
Ouf, ils sont bien là, vivants !
Je remets mon œil en face du trou. Un petit morceau de rouge sur un carré d'écossais : la manche de pull de maman sur la chemise de papa. Elle lui enlace la taille, lui parle tout doucement comme à un enfant. Je n'arrive pas à entendre ce qu'elle lui raconte. Ça fait une petite musique douce de consolation, comme une berceuse.
Papa ne dit plus rien, je n'aime pas ce silence qui dure trop longtemps.
Est-il en train de pleurer ? Est-ce que parfois, les pères pleurent ? Je n'ai jamais vu papa pleurer. Rien que d'y penser, ça me fait tout drôle... Je ferais mieux de retourner me coucher !
Oh et puis tant pis, je reste !
D'ailleurs papa se remet à parler, quelque chose à propos du gâteau qu'il trouve délicieux, j'ai du mal à comprendre, il doit avoir la bouche pleine.

Maman lui propose du thé à la menthe.
Du thé à la menthe ?
Moi aussi j'en veux, avec du sucre et des pignons !
Si j'ouvrais la porte, maman me servirait un verre bien brûlant…
Ou plutôt elle me renverrait au lit ?
Pas facile, la vie d'espion…
Mais papa se met à raconter, tant pis pour le thé.
Je vais enfin savoir ce qui se passe ce soir…
« C'est un vrai carnage ! » s'exclame papa.
Est-ce qu'il parle de ma chambre que j'ai oublié de ranger depuis au moins une semaine ?
Il dit que tout est sens dessus dessous, que c'est horrible à voir, que c'est scandaleux, qu'une chatte n'y retrouverait pas ses petits.
Il exagère un peu, quand même, je trouve. Ma chambre, elle n'est pas si en désordre que ça…
Il prétend qu'on ne peut pas ouvrir la porte en grand, qu'il y a quelque chose de lourd qui coince derrière.
Alors là, c'est pas vrai, ma porte, elle ouvre très bien !

Il s'étonne que le verrou n'ait pas été forcé… Ce n'est donc pas de ma chambre dont il s'agit, je n'ai pas de verrou…
C'est de l'Annexe… Cambriolée… Ce matin…
Mais alors, qu'est-ce qui bloque l'ouverture de la porte ?
Un cadavre ? Un vrai mort comme dans les films à la télé, avec la police qui va venir enquêter et qui, si ça se trouve, va accuser papa et l'emmener en prison dans une voiture banalisée avec des menottes à ses poignets ?
Papa s'énerve de plus en plus, il crie presque maintenant.
« Je suis allé chercher le gardien pour lui demander de m'aider à dégager l'entrée », s'emporte-t-il, « mais il ne m'a pas répondu. J'ai frappé, tambouriné à la vitre de la loge... Aucune réponse… J'ai crié pour l'appeler :
– César, ouvre-moi !
Rien…
Ce n'est peut-être pas César, son prénom ?

Balthasar ? Oscar ? Omar ? Richard ?
Toujours pas de réponse…
Je te jure, j'ai tout essayé, dit-il à maman, même « Sésame, ouvre-toi ! », au cas où… Autant croire aux contes de fées… »
Maman trouve qu'il n'est pas sérieux, ce garçon, qu'il faudra le signaler au syndic…
À force de me pencher vers le trou de la serrure, j'ai le dos en compote, les genoux en coton et les yeux qui me piquent.
Il vaut mieux que j'aille me coucher, je crois.
De toute façon, je sais tout maintenant.
Après une bonne nuit de sommeil, j'aurai bien une idée pour aider papa à démasquer les voleurs…

OiL
5

5

« Papa ! Maman ! Au secours ! »
J'ai mal partout, je suis à bout de souffle !
Où suis-je ?
Ça fait des heures que je cours sans oser me retourner pour échapper à cette camionnette pleine de jarres d'huile bouillante, conduite par des brigands très dangereux armés de sabres d'argent, lancés à mes trousses, prêts à me couper la tête, à me réduire en purée, à me découper en tranches, à me faire frire comme un vulgaire beignet…

Ouf, je suis dans mon lit.
C'était juste un cauchemar…

Quelle heure est-il ?
Trois heures du matin.
Les images de mon cauchemar passent dans ma tête comme sur un écran de cinéma.
J'ai peur.
Dans mon rêve, j'ai trouvé l'entrée de la cache secrète du gang des Quarante Voleurs et ils veulent me faire disparaître avant que je puisse les dénoncer à la police.
Leur caverne, c'est l'Annexe.
Une annexe comme celle de papa et Cassim mais en pleine forêt, en forme de grotte, avec un énorme rocher en guise de porte.
Je l'ai découverte par hasard au cours d'une promenade à dos d'âne et je compte m'y reposer un moment au frais avant de repartir.
À l'intérieur, à la place des livres, il y a plein de coffres remplis de lingots d'or, de pièces d'étoffes

précieuses, de pierreries et de fioles emplies d'élixirs aux vertus magiques…
Papa et Cassim sont enfermés dans une sorte de cellule au fond de la grotte et papa me tend mille et un paquets cadeaux que je n'arrive pas à attraper et qui me glissent toujours entre les doigts…

7

J'arrive un peu en retard au rendez-vous à cause de maman qui m'oblige à réciter trois fois ma table de multiplication avant de quitter la maison.

Marie-Jeanne m'accueille avec un sourire complice. Elle est assise sur le banc à l'entrée de la loge, en grande conversation avec le gardien, un vieil homme aux cheveux blancs qui s'appelle Edgar.

Pas César, ni Balthasar, ni Oscar, ni Richard...
Il faudra que je le dise à papa.
Edgar n'a rien vu du cambriolage mais il connaît plein d'histoires sur les gens de l'immeuble et même sur ceux du quartier.
Il dit qu'avant papa et oncle Cassim, le locataire de l'Annexe était un homme très riche, avec un chapeau de feutre gris et de grosses lunettes noires, qui venait toujours à la nuit tombée, silencieux et mystérieux comme une ombre.

Quand il croisait Edgar devant la loge, il lui glissait dans la main un énorme pourboire en lui chuchotant d'un air autoritaire : « Chut ! Vous ne m'avez pas vu ! »
Les voisins racontent beaucoup de choses sur cet étrange locataire qui a disparu du jour au lendemain sans laisser d'adresse.
Que c'était un parrain de la mafia. Une star à la retraite. Un agent double.
Edgar, lui, pense que c'était un receleur auquel les cambrioleurs venaient à la nuit tombée confier la vente de leur butin.

Pendant qu'Edgar part faire la distribution du courrier, Marie-Jeanne m'entraîne dans la ruelle derrière l'immeuble en m'exposant à voix basse les dernières conclusions de son enquête.
D'après Edgar, rien ne semble avoir été volé. Les livres ont juste été jetés par terre. Le commissaire est venu ce matin, mais il est reparti bredouille, sans faire de commentaire.

L'enquête piétine.
Que pouvaient bien rechercher les voleurs, qu'ils n'ont pas trouvé ?
De l'argent ? Des bijoux ? Une machine à imprimer les faux billets ?
Pas de doute, c'est un coup de l'ancien locataire, conclut Marie-Jeanne.
C'est simple, imagine-t-elle à voix haute : après une cavale interminable autour du monde, il vient récupérer le butin de son dernier hold-up caché quelque part dans l'Annexe… Enterré dans le sol de terre battue, par exemple. Ou sous le faux plafond. Ou derrière une brique creuse du mur…
« Et maintenant, à toi de jouer ! » me dit-elle en me conduisant d'une main ferme vers l'ouverture d'un soupirail au ras du trottoir.
« J'ai vérifié, ça donne dans l'Annexe. Mais il fait trop sombre. Je n'arrive pas à voir à l'intérieur. Glisse-toi par là et essaie de trouver quelques indices… »

J'ai envie de protester.
Et si quelqu'un me voyait ?
S'il y avait un malfrat embusqué en bas, prêt à me ligoter ? Un sadique ? Un voleur d'enfants ?
Mais je m'engouffre sans un mot dans l'étroite ouverture encombrée de débris de verre brisé.
Car comment refuser quoi que ce soit à Marie-Jeanne quand elle me fait ce sourire-là ?

8

Elle est folle, Marie-Jeanne !
Le sol est à au moins deux mètres, je ne peux pas sauter, je vais me casser les deux jambes…
Ma jolie cousine me donne une grande tape dans le dos, je tombe !
Je ferme les yeux, je vais m'écraser au sol, c'est sûr.
J'atterris sur mes pieds avec la souplesse d'un chat, je suis le meilleur ! Je lève fièrement les yeux vers Marie-Jeanne, je ne vois qu'un rectangle de lumière crue qui m'aveugle.

Ici, il fait tout noir. Ça sent mauvais, une odeur moite et entêtante de fauve comme celle qui prend à la gorge dans le pavillon des félins d'Afrique au zoo municipal.
J'avance à tâtons en m'appuyant d'une main au mur à la recherche de l'interrupteur.
Je trébuche, écrase quelque chose de mon pied gauche, me penche pour dégager le passage. Je sens un livre sous ma main. Deux livres, des monceaux de livres jetés en vrac.
Une boule chaude frôle mon mollet.
Un rat ?
Est-ce que les rats mordent ?
Vais-je me faire dévorer tout cru par une armée de rongeurs sans que personne ne vienne me sauver ?
J'ai envie de crier, d'appeler Marie-Jeanne, mais si un des cambrioleurs m'entendait ?
J'ai mal au ventre, les jambes toutes molles, je me laisse glisser par terre, naufragé au milieu d'épaves de papier et de bêtes sauvages.

Je n'ose plus bouger, à peine respirer.
Le silence m'encercle, noir, épais, menaçant, entrecoupé de petits grattements furtifs.
Mes yeux commencent à s'habituer à l'obscurité.
Je devine le contour d'une étagère, l'encadrement de la porte d'entrée à ma gauche, des billes de couleur jaune, verte, orange, comme suspendues par paires à vingt centimètres du sol.
Des yeux. Des yeux cernés de poils, surmontés de petites oreilles pointues. Des babines retroussées sur des crocs blancs en cercle autour de moi, prêts à me sauter à la gorge.

Des chats.
Une colonie de chats. Des chats sauvages qui ont dû profiter de la vitre brisée du soupirail pour élire leurs quartiers d'été dans la pénombre de l'Annexe.
Trente, quarante matous au moins allongés par terre, sous les rayonnages, dans les cartons, des pachas dans leur palais de papiers, des squatters sans foi ni loi, sautant avec grâce d'une encyclopédie à un recueil de poésie, renversant nonchalamment livres de poche, manuels scolaires et albums illustrés...
Les voilà donc, ces fameux cambrioleurs qui ont gâché mon anniversaire !
Je tends prudemment mes mains en avant, caresse un dos rond hérissé, gratouille un cou tendu, parle d'une voix douce et ferme comme celle du dresseur de tigres que j'ai vu la semaine dernière au cirque.
Je me lève tout doucement, avance vers la sortie à pas de velours, dégage d'un geste lent un amas

de bandes dessinées entassées devant la porte pour m'enfuir au plus vite loin de ce repaire de brigands griffus.
Je gravis les escaliers à toutes jambes, traverse la cour, fais le tour du pâté de maisons, cours jusqu'à Marie-Jeanne assise au bord du trottoir.
Hors d'haleine, je lui raconte ce que j'ai vu.
Elle semble déçue, fâchée d'un si piteux dénouement. Elle me jette un regard noir comme si c'était de ma faute.
Elle qui s'imaginait déjà en première page des journaux, sa photo et la mienne sous un gros titre du genre : Les auteurs du casse de la banque nationale démasqués par une jolie jeune fille et son jeune cousin !...
La mine renfrognée, elle me plante là sans même prendre la peine de me dire au revoir...

9

Je marche d'un bon pas vers la maison, il est tard.

Quand j'arrive, le dîner m'attend. Du kabob d'agneau, mon plat préféré.

Papa et maman aussi m'attendent, pas contents du tout.

Je suis en retard, mon pantalon est déchiré et mon polo blanc est gris de poussière.

Ils me regardent, sourcils froncés, attendent des explications.

Il va falloir que je dise tout.
Je raconte le soupirail cassé de l'Annexe, le plan de Marie-Jeanne, la colonie de chats sauvages.
Papa est allé à l'Annexe ce matin avec Cassim et le commissaire, il sait déjà tout ça.
Maman me parle de désobéissance, de danger, d'affaires de grandes personnes dont les enfants n'ont pas à se mêler.
Je baisse la tête sans mot dire.
Vais-je être puni ?
Privé de cadeau jusqu'à mon prochain anniversaire ?
Papa finit par me sourire.
Il me tend un paquet comme à contrecœur, comme s'il n'était pas encore tout à fait sûr que je le méritais.
Le papier d'emballage est un peu strié de traces de griffes… mais la couverture des *Mille et Une Nuits* est intacte, douce sous ma main comme le couvercle d'un écrin.

C'est le plus merveilleux des trésors de la caverne d'Ali Papa et il est à moi !
Tant pis pour Marie-Jeanne, aujourd'hui est le plus merveilleux jour de l'année !

Papa sort de la cuisine et revient avec une boîte à chaussures ornée d'un gros nœud rouge.
Encore un cadeau ! Une nouvelle paire de crampons de football ?
Je soulève le couvercle et découvre une minuscule boule de poils roux lovée la tête entre les pattes. Un chaton.

« Un des squatters de l'Annexe. Tu pourrais l'appeler Brigand ! » dit papa en m'embrassant. J'emmène Brigand avec moi sur le tapis du salon. Allongé sur son vieux dos élimé, je m'envole enfin entre les pages des *Mille et Une Nuits*…

Dépot légal : février 2004
N° d'éditeur : 2005/375
Achevé d'imprimer en août 2005 par Pollina s.a., Luçon - n° L97636 - France